ねこと言葉のき

HADUKI Ryo
葉月 陵

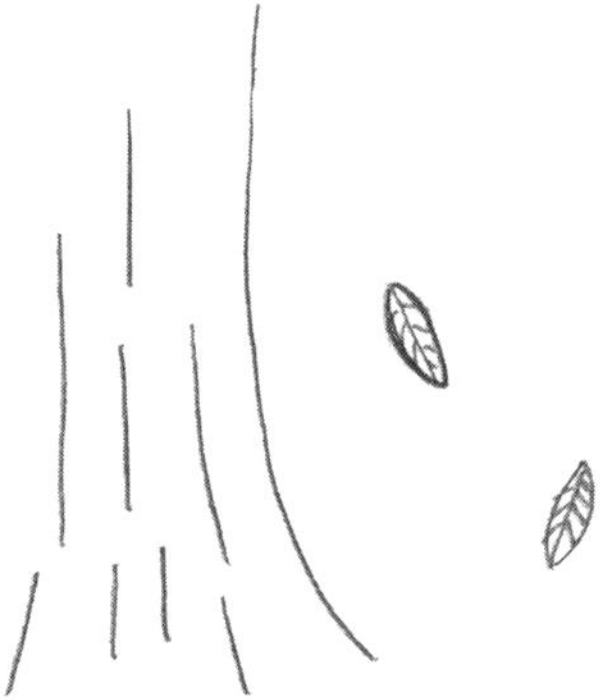

文芸社

今だから

言える気持ち

今じゃなきゃ

言えない気持ち

心で泣いた数だけ

花が咲くよ

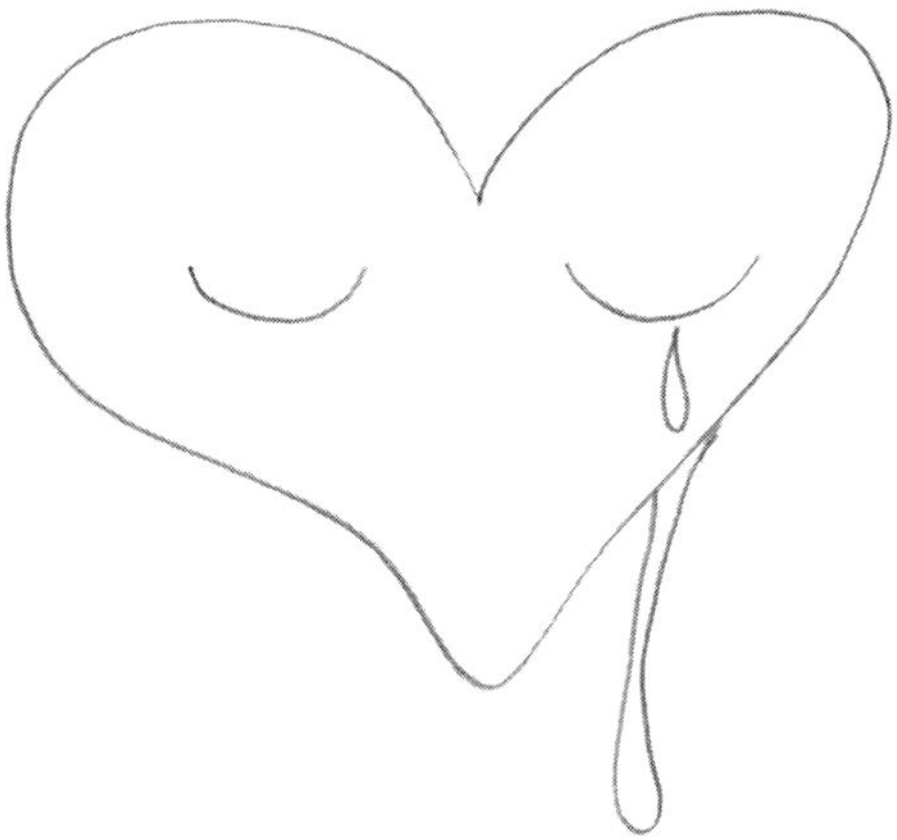

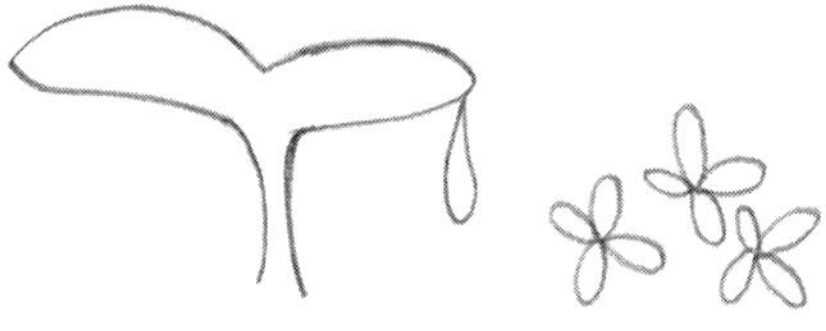

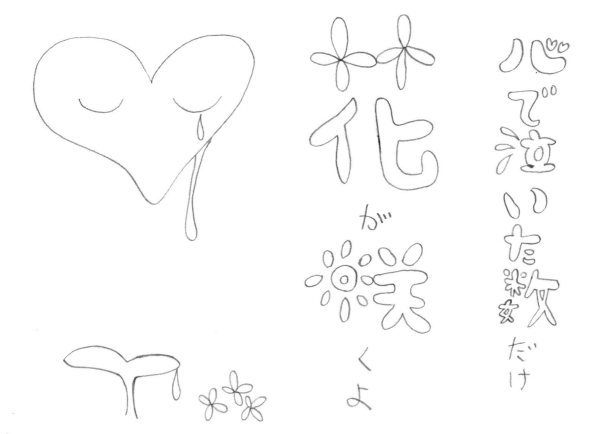

君のそばに
居られる事が
僕の幸せ

今日を大切にしてますか

気分は

常に

挑戦者

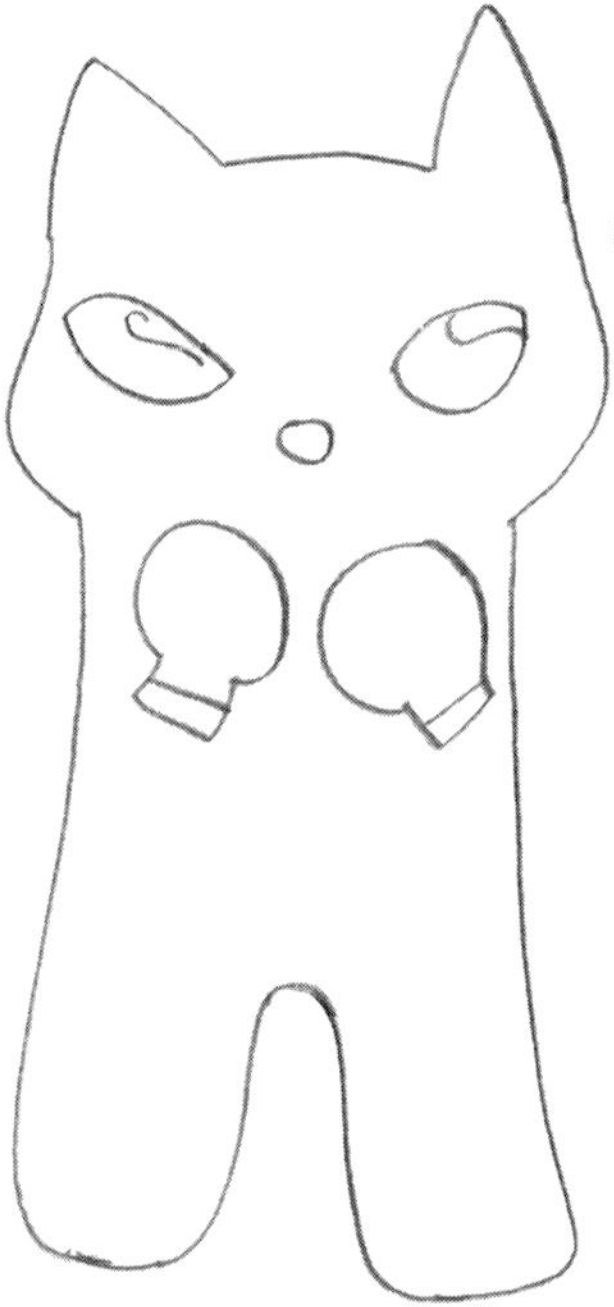

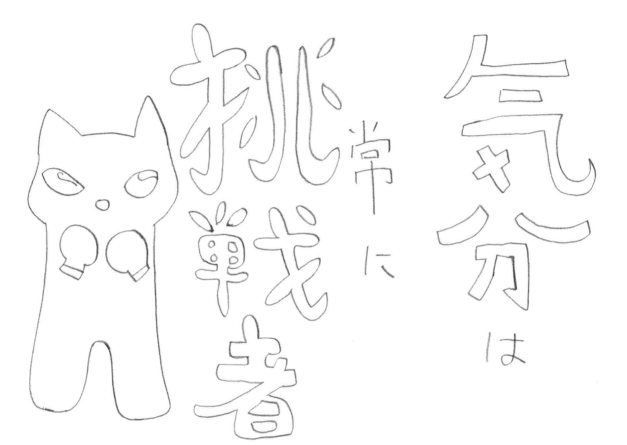

幸せって言うのはね
比べるものでも
計るものでもなく
感じるもの

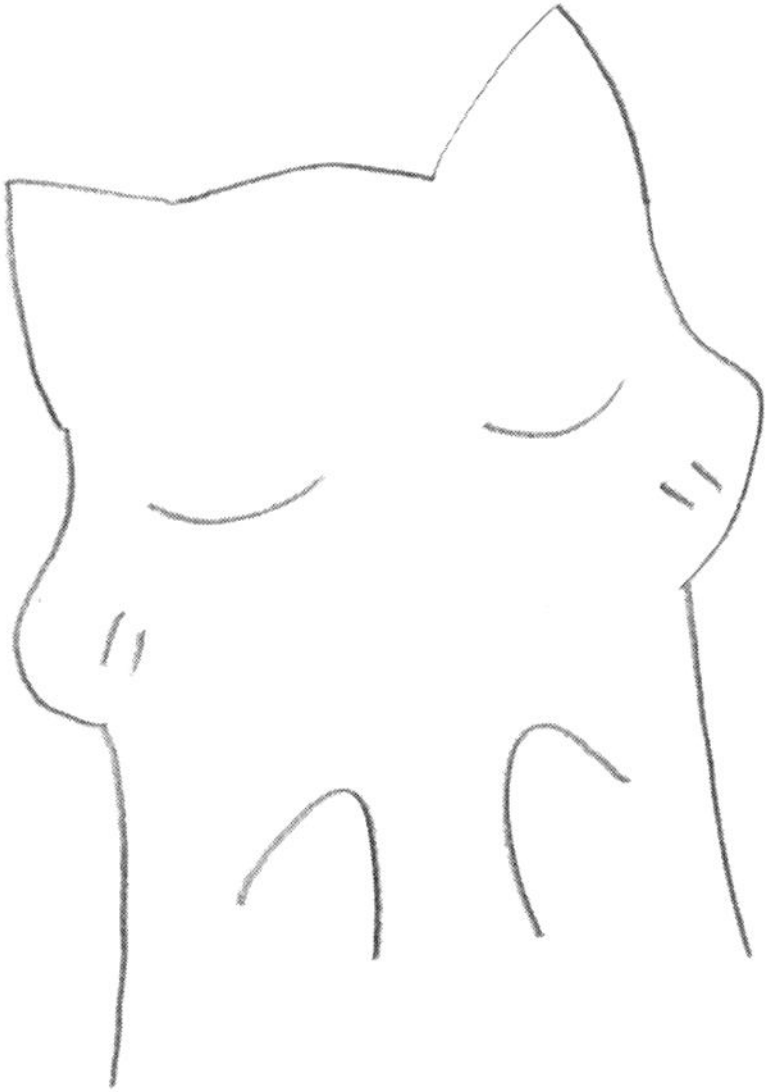

泣きたい時は
泣けばいいよ
その涙は
心の栄養に
なるから

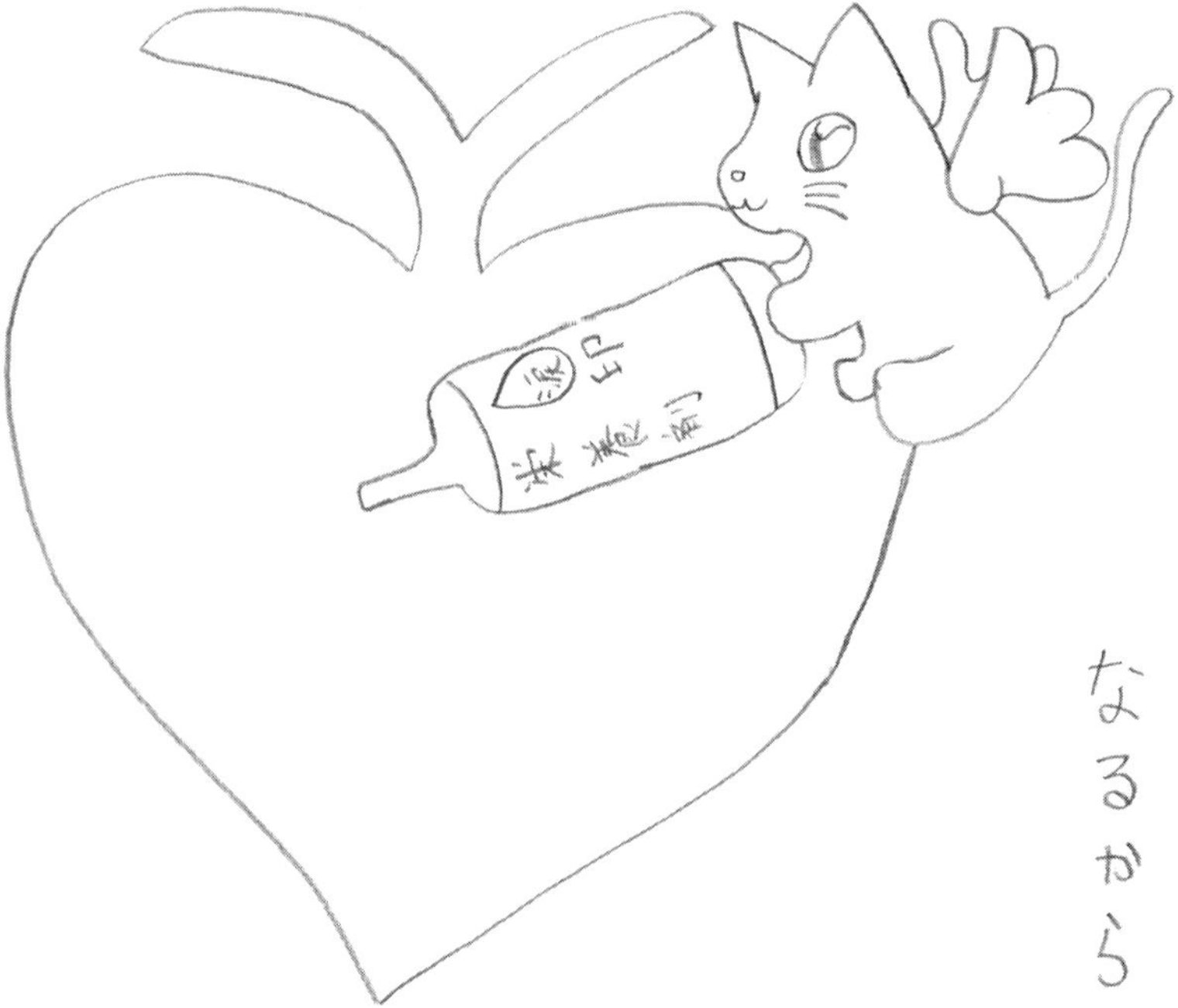

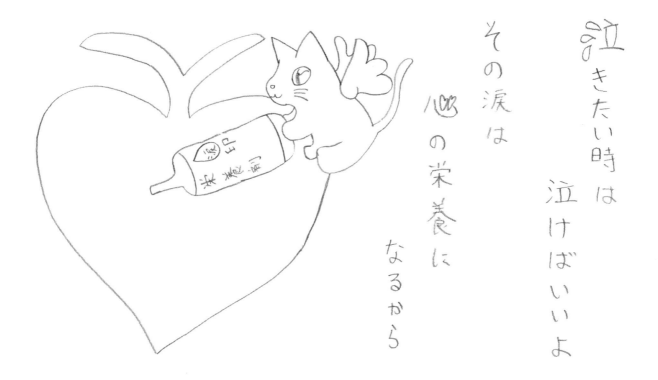

良い子と
他人にとって
都合が良い子は
違うんじゃないかな

みんなちがう
から
支え合える
つながり
合える
んだね

君が居なくなると

さみしいけれど

わがまま

それは

強くなると

決めた

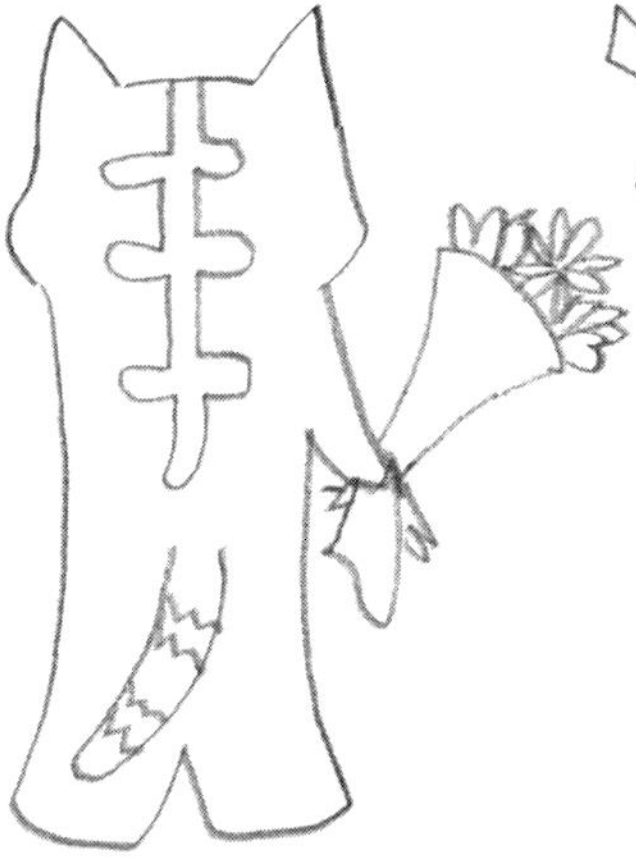

知らない明日に

冒険だ

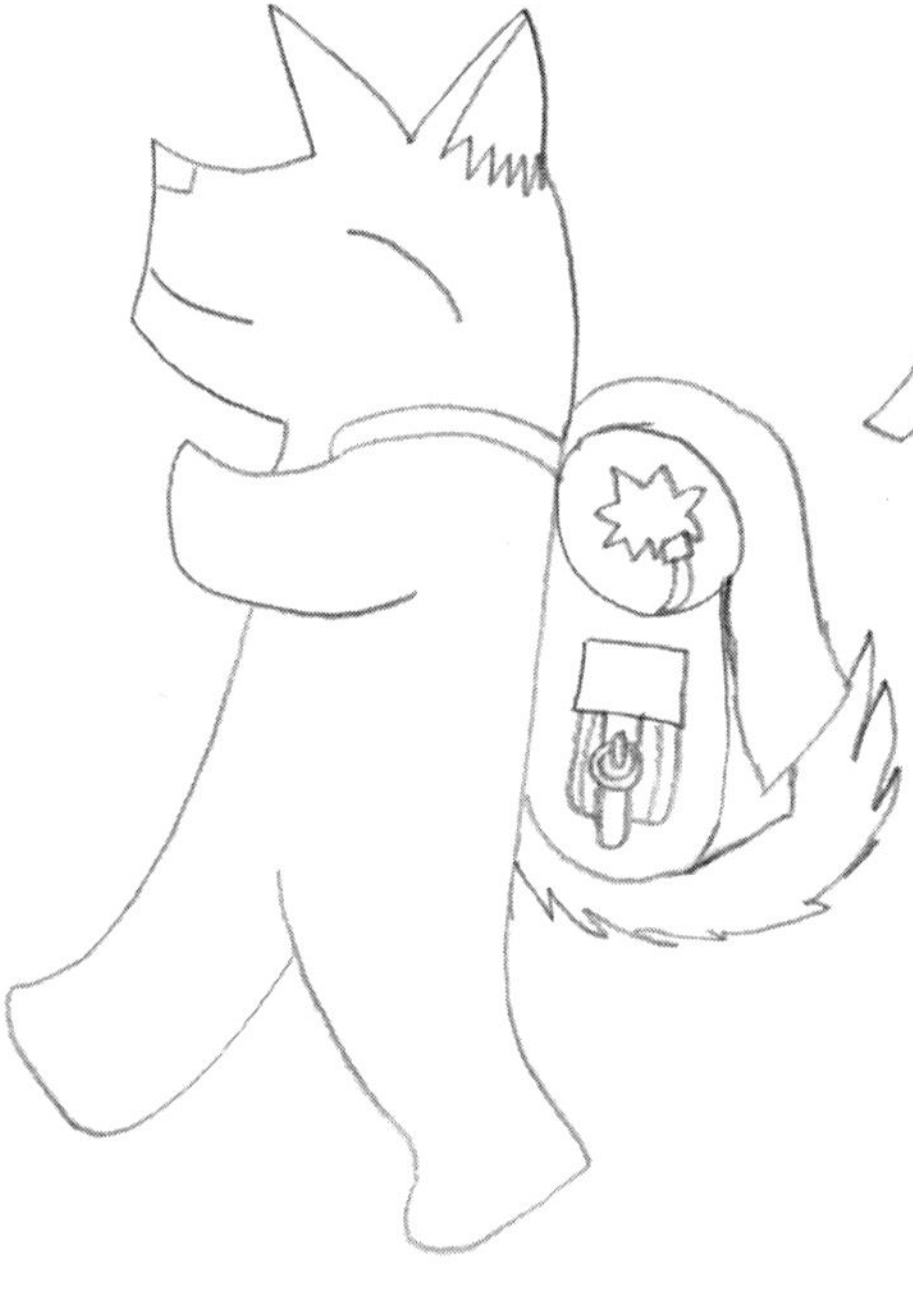

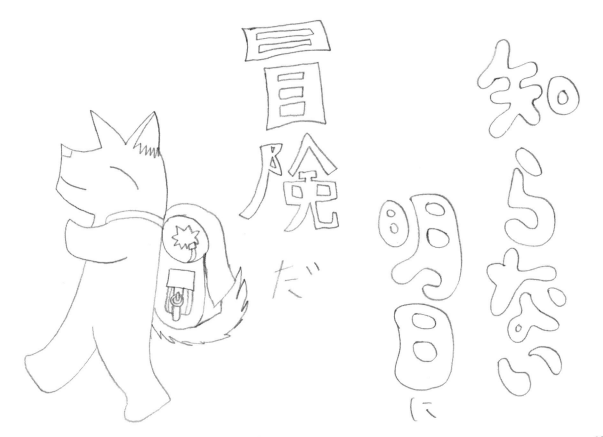

確かな一歩を
刻んでいこう
その一歩が
次の大きな
一歩になる

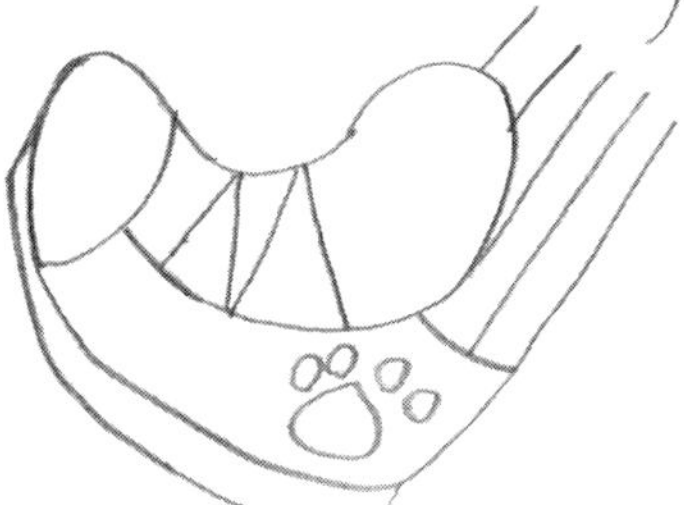

本気になれる
なにかを
本気で
探そう

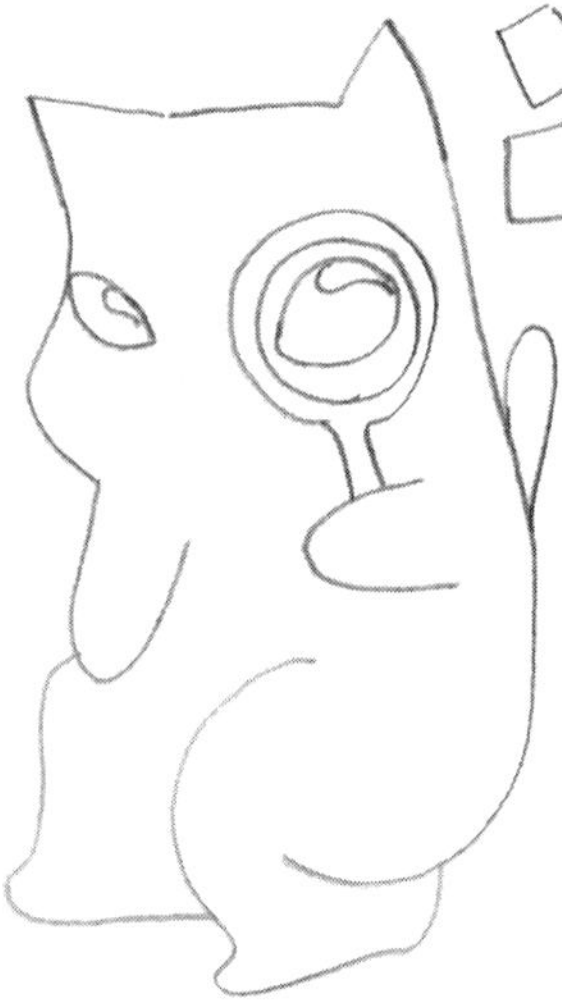

愛情も
栄養も
やり過ぎ注意

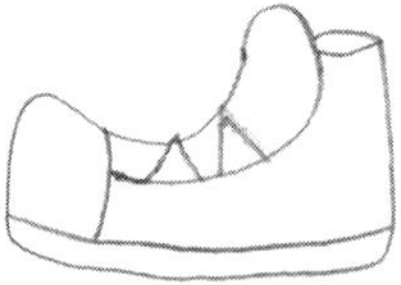
ぼくらの歩はちがうけど

前に前に進んでいるよ

可能性の種

まきましたか？。

手入れも

してますか？。

休める内に
休んでおこう

がんばれる時に
がんばろう

心や体が
痛むのは
生きている証

友だちで
いてくれて
ありがとう

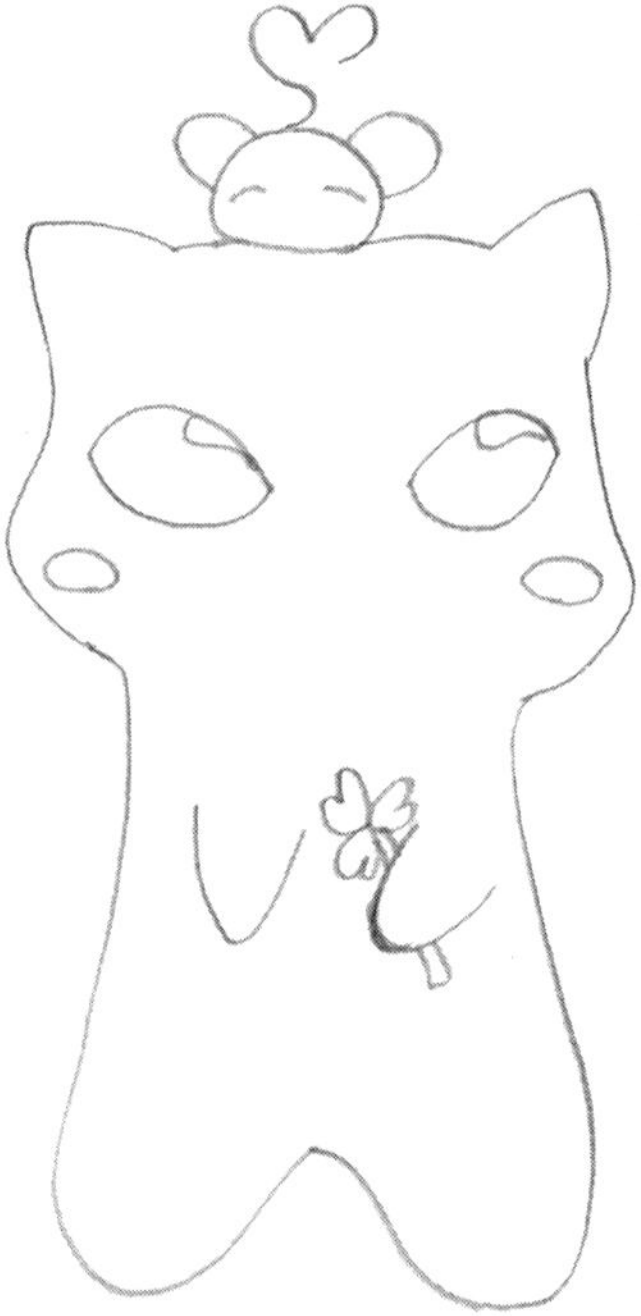

「そうだけど」

「母は、癌が見付かると、治療を拒否して、天命に従って静かに死にたいと言い出したんです。ぼくは反対しました。まだ六一歳だし、今の時代、六〇代なんて、まだまだ若い部類なんだから病気と闘《たたか》うべきだと思ったからです。それでも納得してくれなかったから、お母さんにはやり残したことがあるんじゃないのか、お父さんの無念を晴らさなくていいのか、天国でお父さんに会ったら、どう話すつもりなんだ、と説得を続けました」

潤一が説明する。

「わたしの父も母も癌で亡くなりましてね。抗癌剤治療に苦しんで死んでいく姿を目《ま》の当たりにしたものですから、ああいう死に方は嫌だな、どうせ死ぬのなら苦しまずに、ぽっくり死にたいなあ、と考えていたんです。だけど、息子に説得されて、確かにわたしにはやり残したことがある、まだ夫の無念を晴らしていないと気が付きました。それで手術を受《う》けることにしたんです。幸い、手術は成功しましたが、すっかり体力も落ち、こんな有《あり》様です。退院を許可されて自宅に戻ったので、思い切って警察に電話してみたんです。再発や転移が見付かったら、また入院させられてしまうでしょうし、今のうちにやれるだけのことはやりたいと思ったものですから」

「どうぞ」

潤一が冬彦と寅三にコーヒーを勧《すす》める。

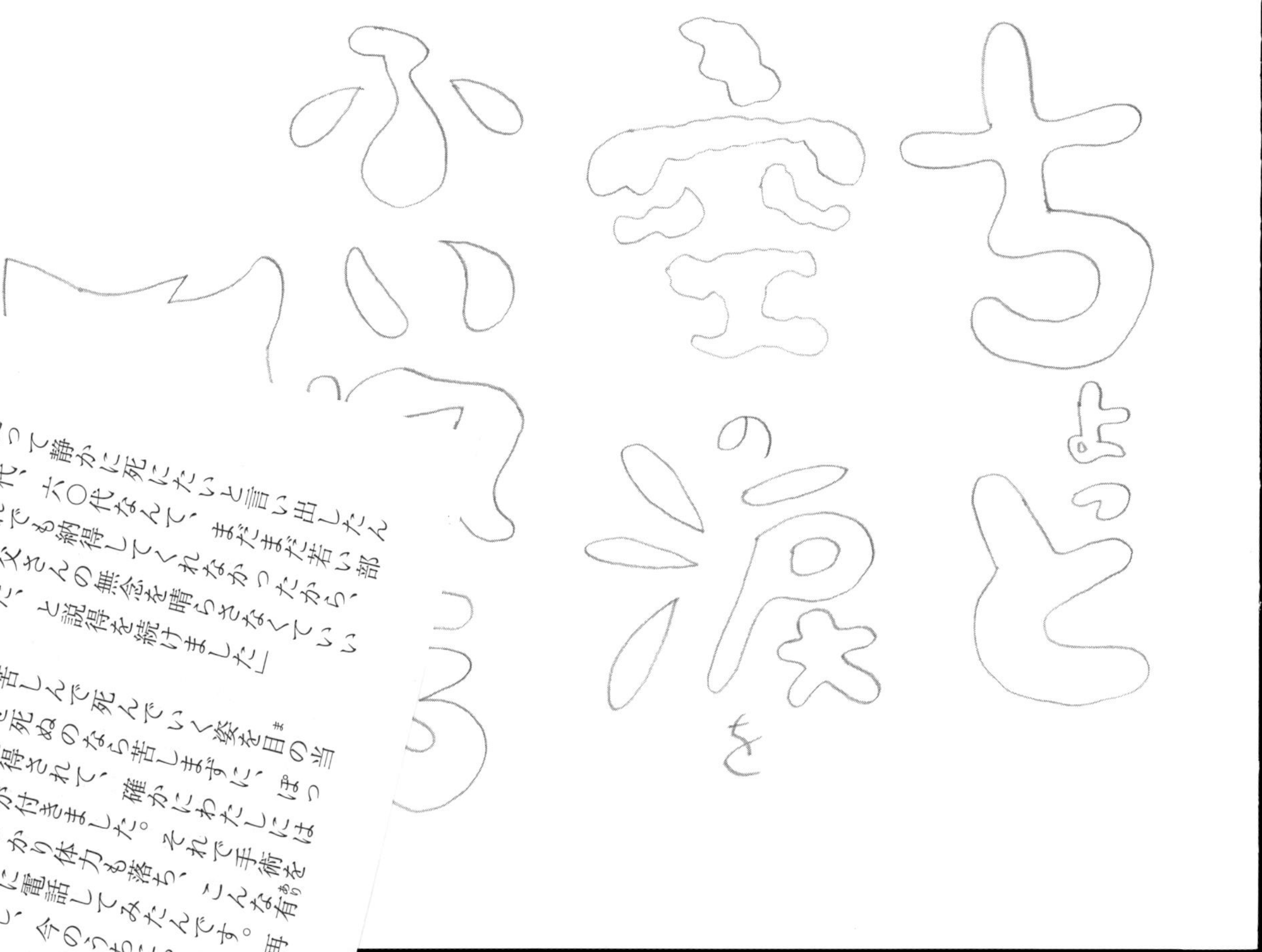

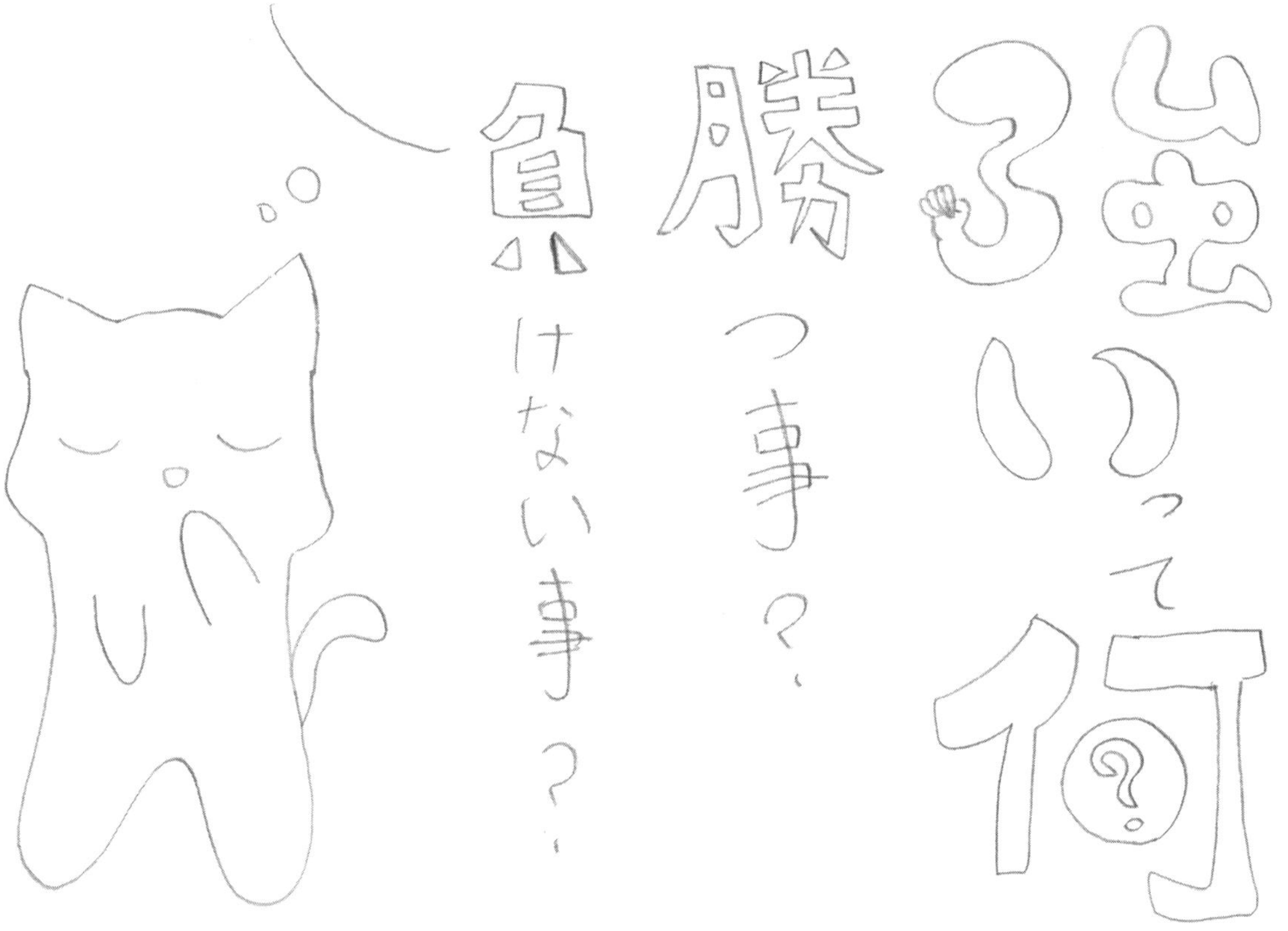

芙美子は潤一の手を払いのけて、また背筋をピンと伸ばして坐り直す。
「おかけになって下さい」
潤一が二人にソファを勧める。
「失礼します」
二人が腰を下ろすと、潤一は台所に入る。お茶
芙美子の体調がよくないことは、その姿を見る
く、皮膚《ひふ》にも潤《うるお》いがなく乾燥している。脂肪が
のように細く、手も骨張《ほねば》っている。頭をすっぽ
で頭髪が抜け落ちているからに違いない。
「この姿を見れば、たぶん、ご想像がつくと思
飲み始めたら、体重も減って力も出なくなり
体になって生きていても仕方ないという気も
芙美子が溜息をつく。
「何を言うんだ」
お盆《ぼん》にコーヒーポットやコーヒーカップ
アに坐ってコーヒーの用意をしながら、
「今でも生きているから、こうして刑事

ボクらは
ちがっていい
んだよ
ちがうからいい
んだよ

未来の自分に
感謝される
今の自分に
なろう

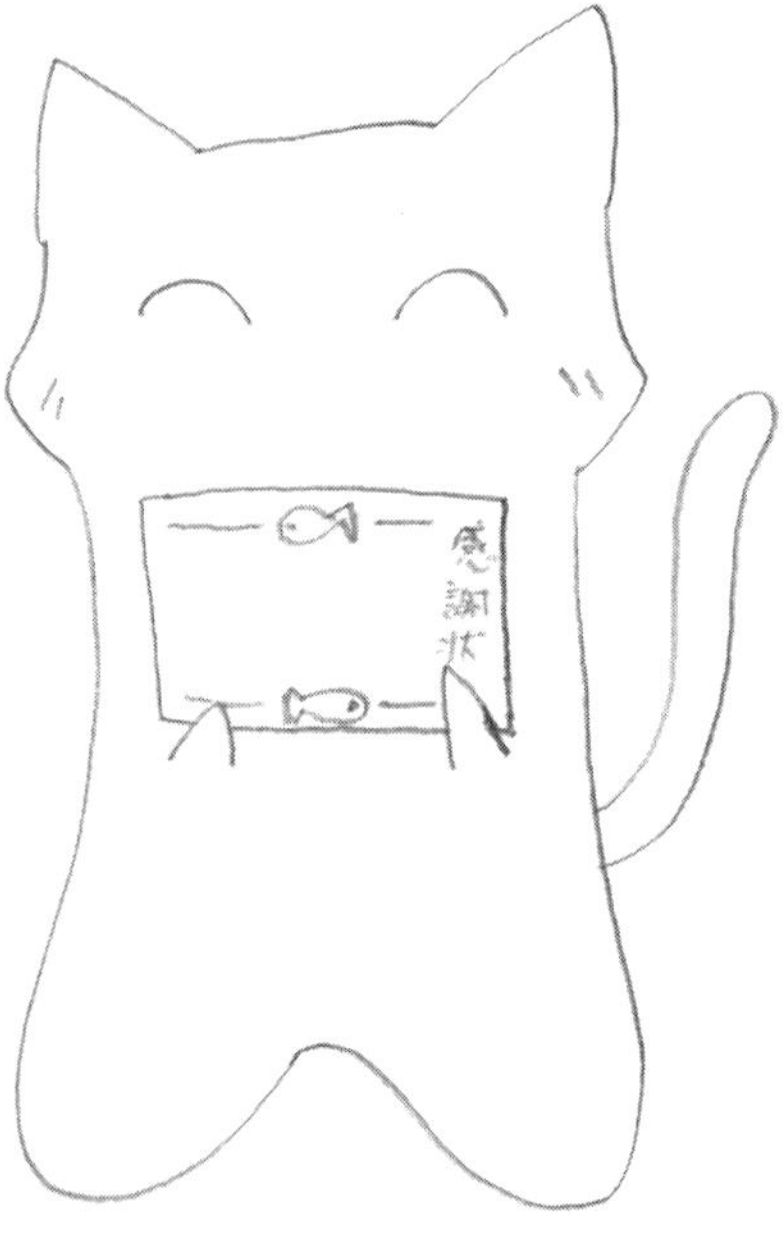

料金受取人払郵便

新宿局承認

7553

差出有効期間
2024年1月
31日まで
（切手不要）

郵便はがき

1 6 0-8 7 9 1

1 4 1

東京都新宿区新宿1－10－1

(株)文芸社

愛読者カード係 行

ふりがな お名前			明治 大正 昭和 平成	年生 歳
ふりがな ご住所	□□□-□□□□			性別 男・女
お電話 番 号	（書籍ご注文の際に必要です）	ご職業		
E-mail				
ご購読雑誌（複数可）		ご購読新聞		新聞

最近読んでおもしろかった本や今後、とりあげてほしいテーマをお教えください。

ご自分の研究成果や経験、お考え等を出版してみたいというお気持ちはありますか。

ある　　ない　　内容・テーマ（　　　　　　　　　　　　　　　　　　　　）

現在完成した作品をお持ちですか。

ある　　ない　　ジャンル・原稿量（　　　　　　　　　　　　　　　　　　）

やれば
わかるよ
大変さも
楽しさも

空は飛べないけど
夢に向かって
歩いていくよ

変わる事を
楽しもう

ヒヨコは
いつまでも
ヒヨッコでは
ないのだ！

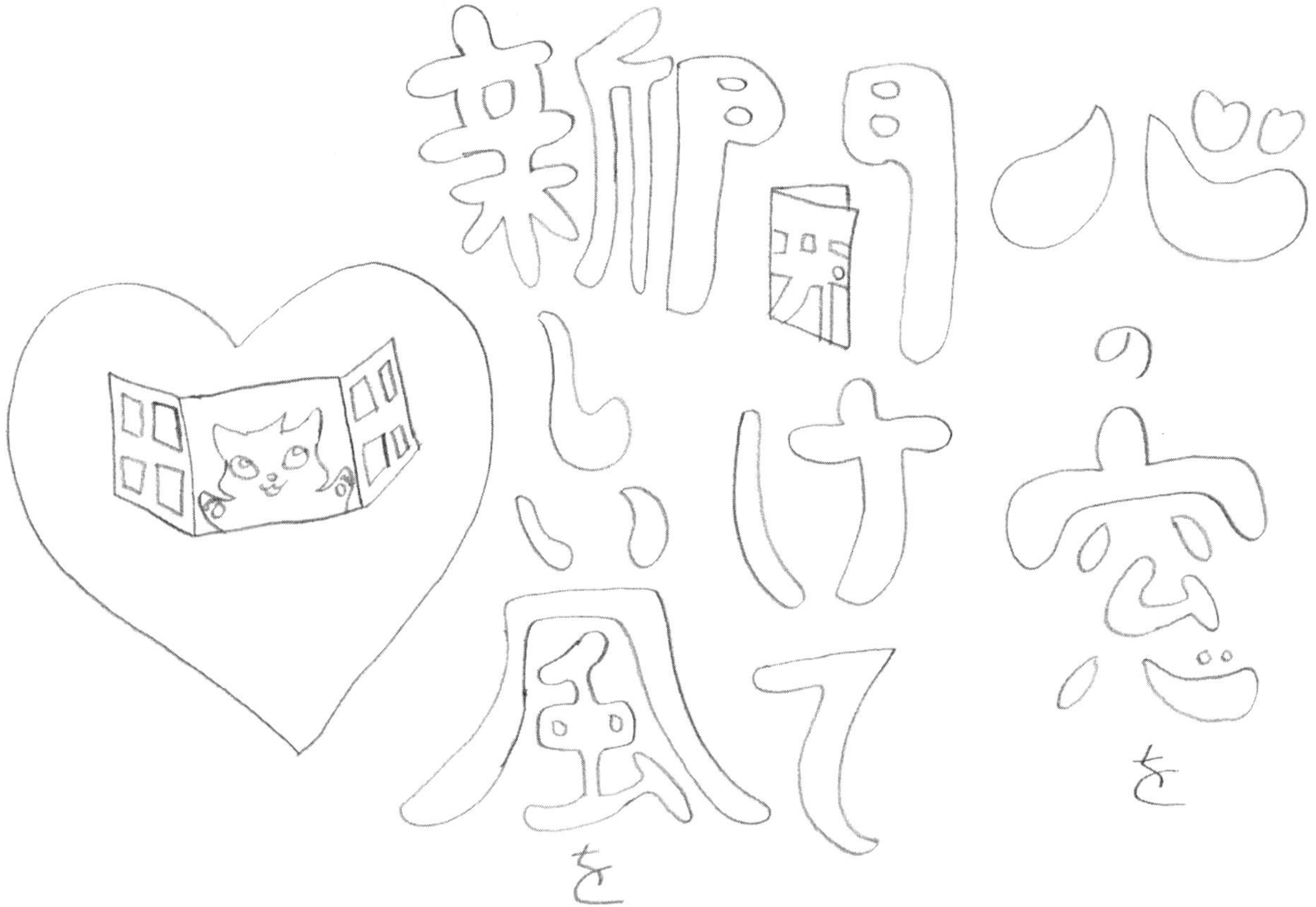
心の窓を
開けて
新しい風を

ひきずるだけの
過去は重いから
優しく包んで
背負っていこう

未来を作る
材料は
過去と今

人生の角度を
少し変えれば
未来は
大きく変わる

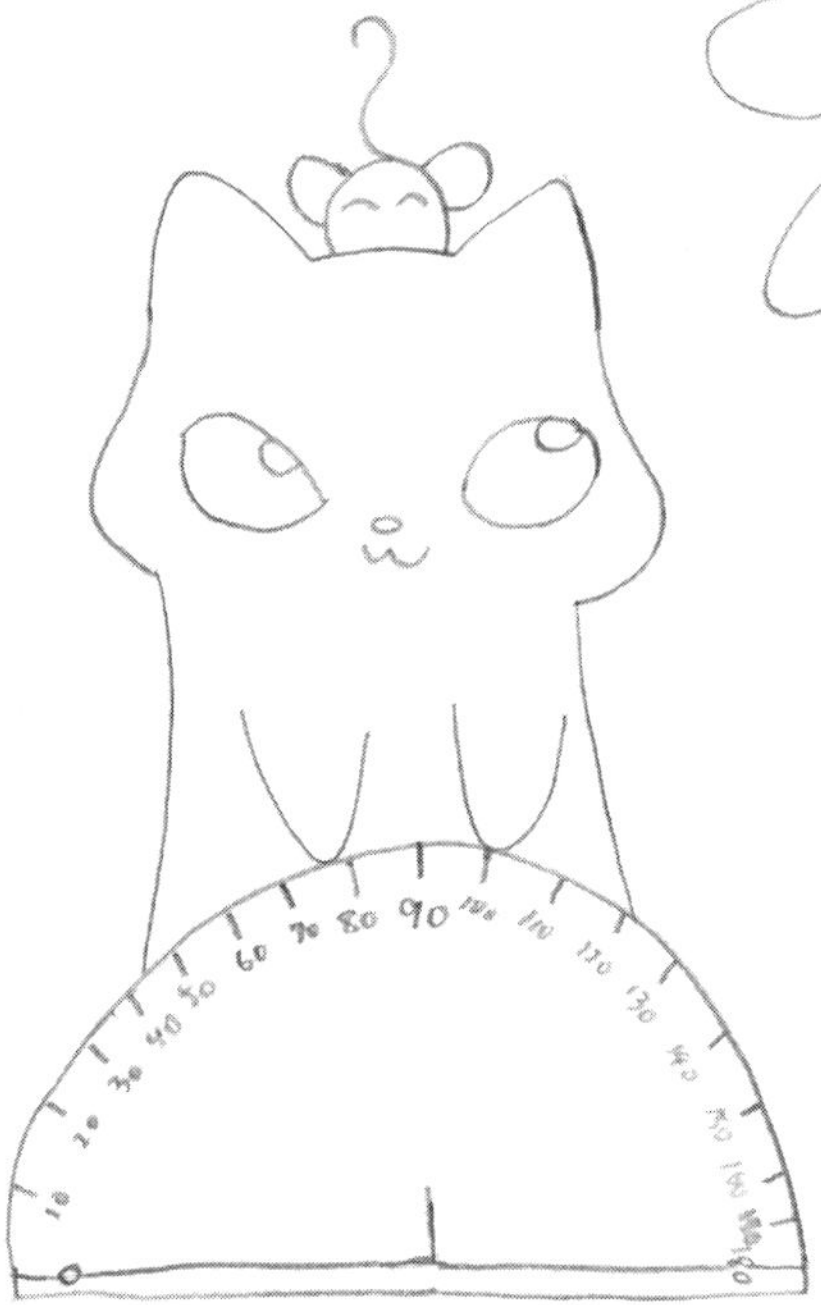

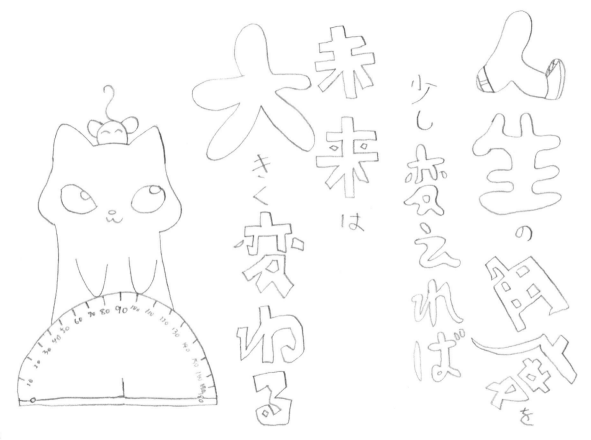

足りないくらいが
ちょうどいい
また今度って
言えるから

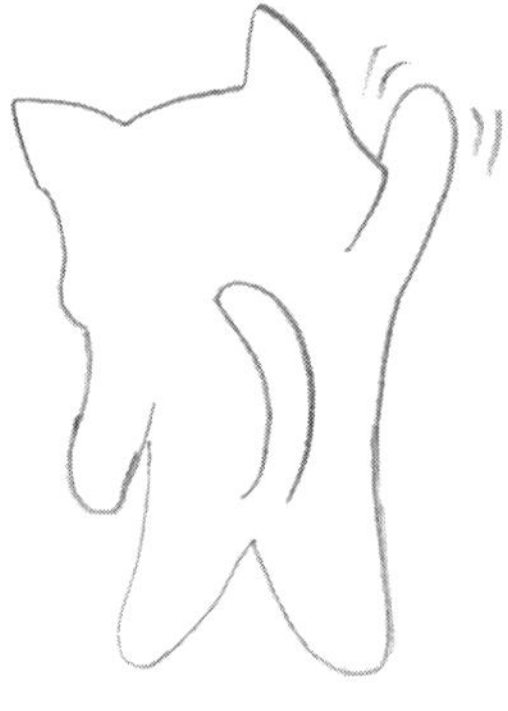

ゴールは新しい道へのスタートライン

遠回りした分
思い出も
増えたね

カベを作っていたのは
自分でした

やれるうちに
やっておこう
言えるうちに
言っておこう
いつか出来なくなる
その前に

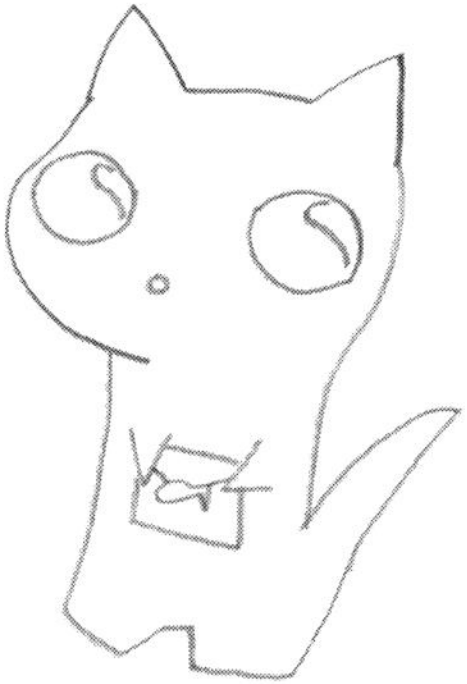

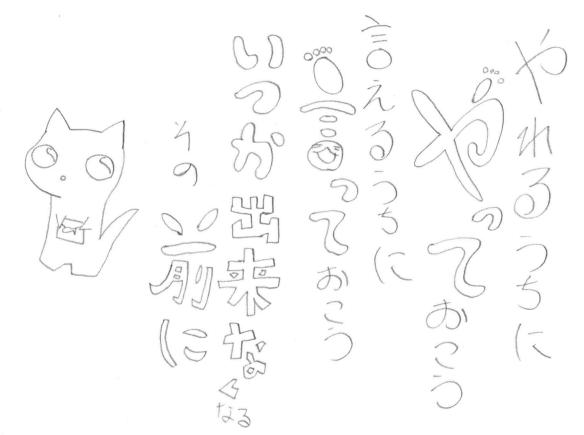

生きるということは
煮干しの頭のように
甘くないかもしれないけれど
いつかきっと
良さがわかる

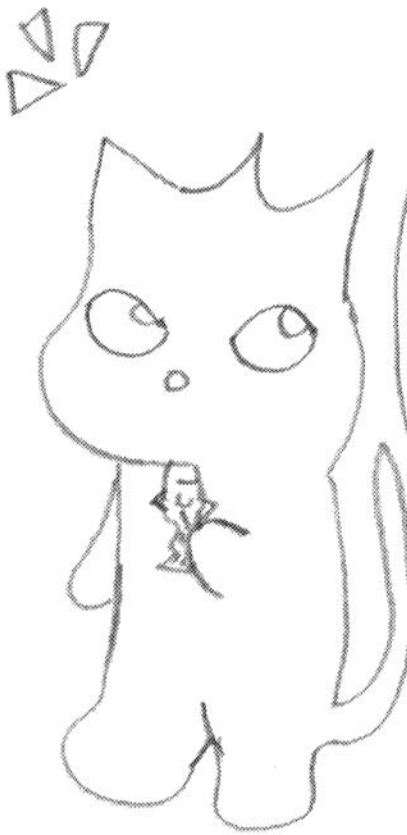

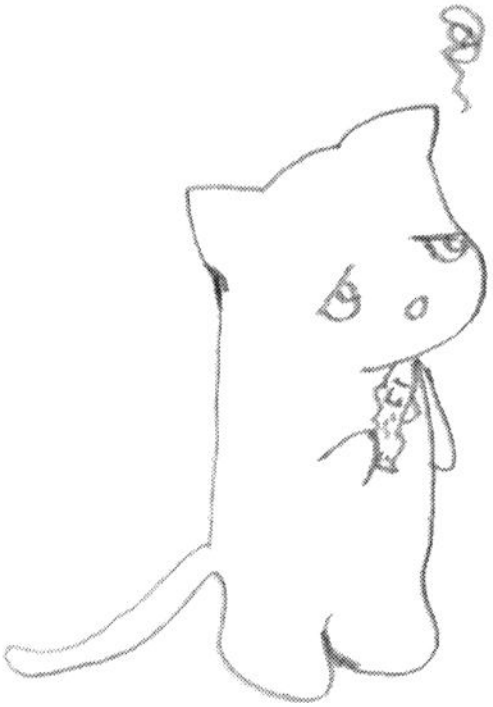

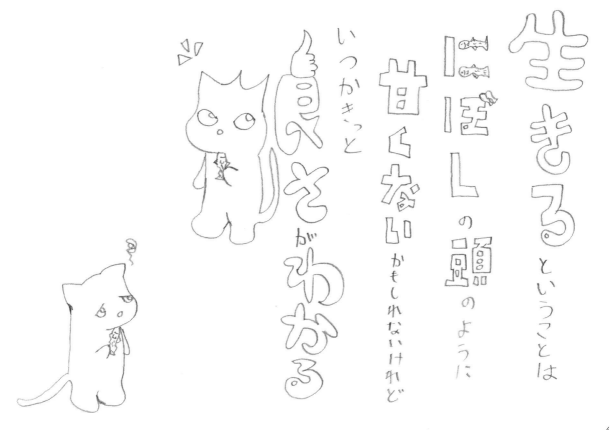

思い込み

と言うものの

オリを

抜け出そう

きっとあるよ
染まらない
君の色

後悔を
栄養に
未来を
育てよう

見守ってて
今行くから

自分の心の声をきいてみる

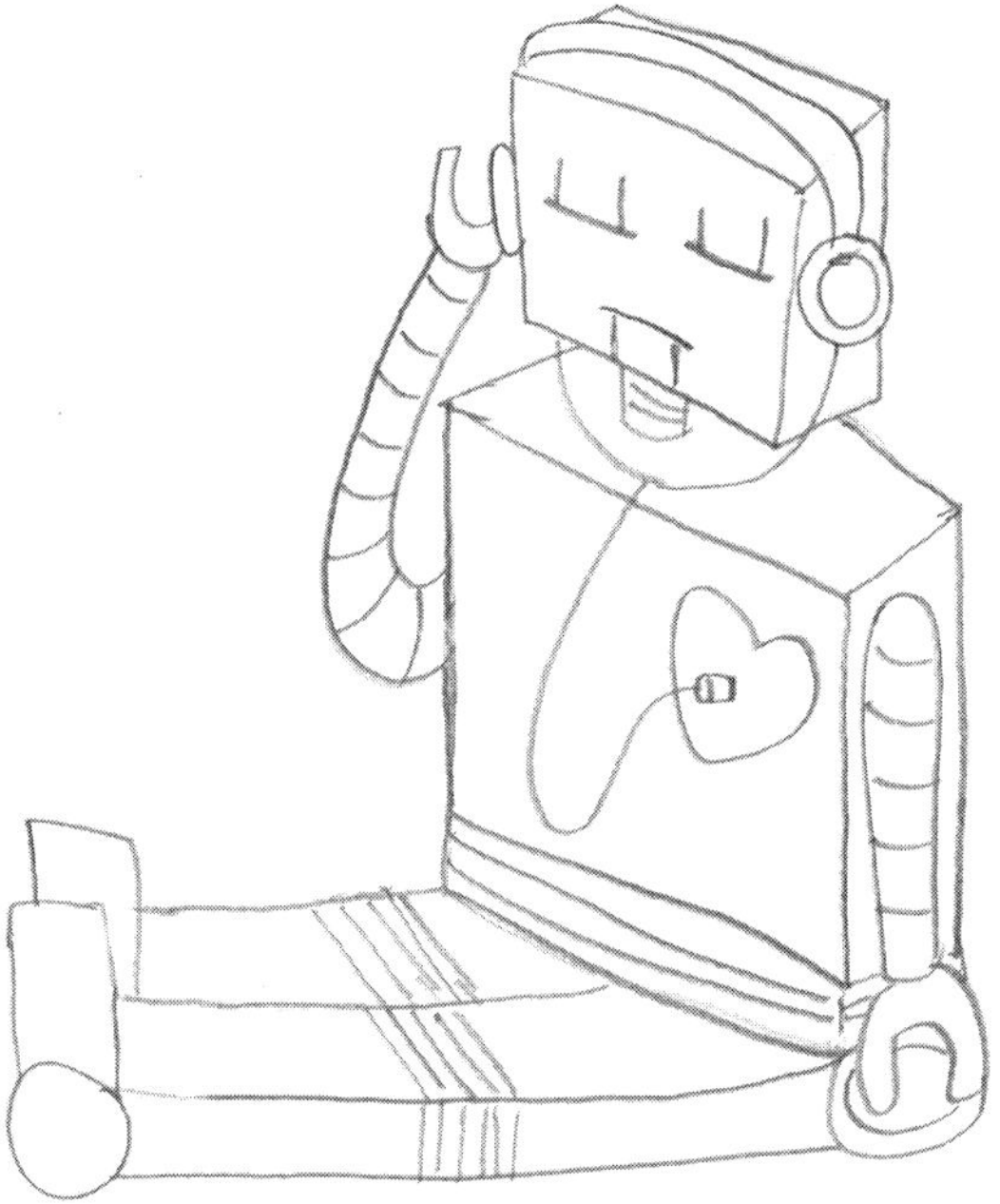

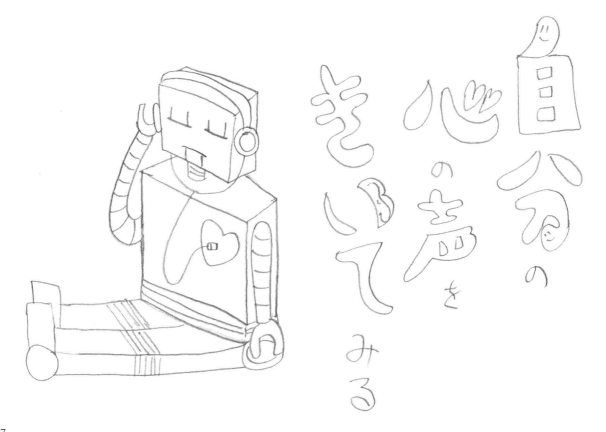

空気は
読むより
作る側

今だから
出来ることは
きっとある

日常を
守ってくれて
有難う

好き嫌い
良い悪い
全部ひっくるめて
自分
なんだね

悩むから
成長
できるんだね

君とボク
違うから
好きになる

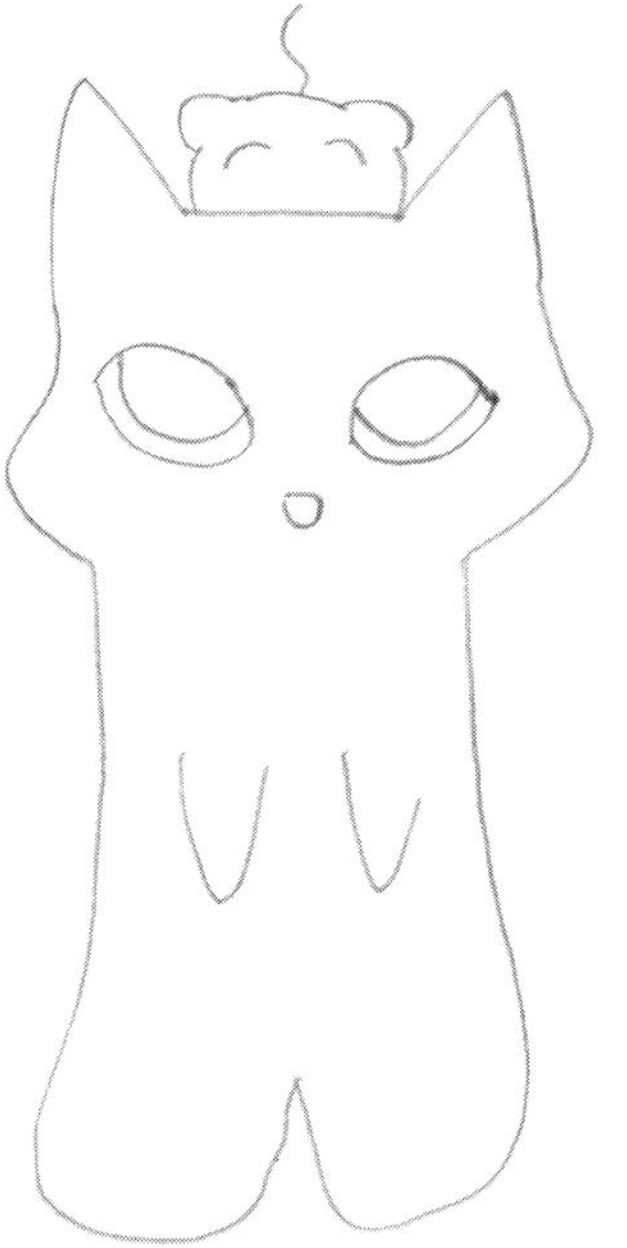

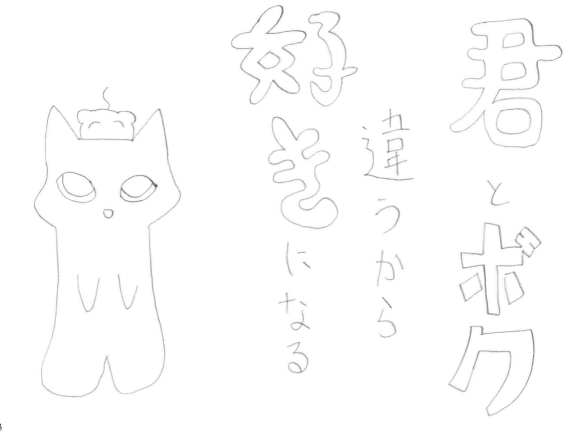

あきらめられない
くらい
女子も

欲張ったって
全部は
持てない
んだから
ちょっとでいい

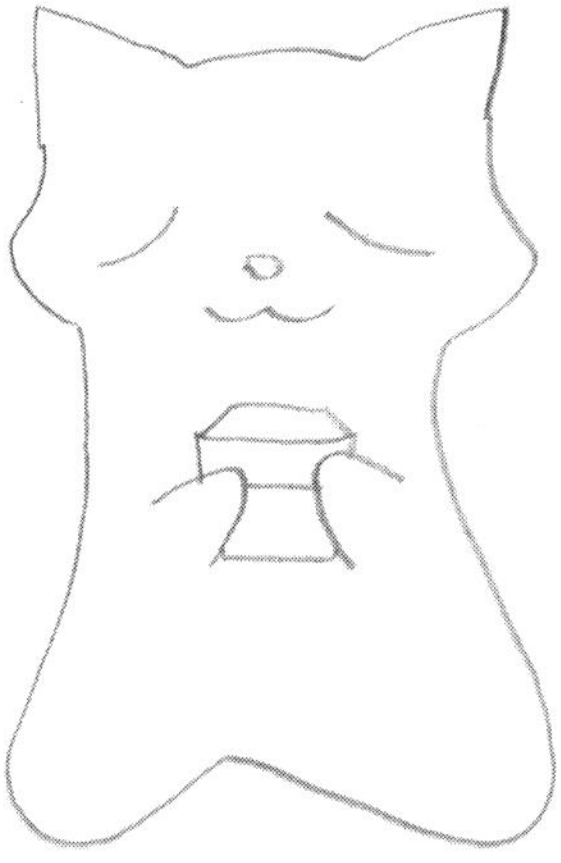

大人でも大志を抱いていいと思います

個性は
芸術だ

努力とは

樹の根のように、

見えなくても

張り続けるもの

みんなちがうから

世界は成り立つ

なりたい自分を想像できましたか

カベから
離れているのは
逃げている
のではなく
全体を観察し
突破するため

変わらない事は
変わる事より
難しい

時には「今」で満足する事も大事

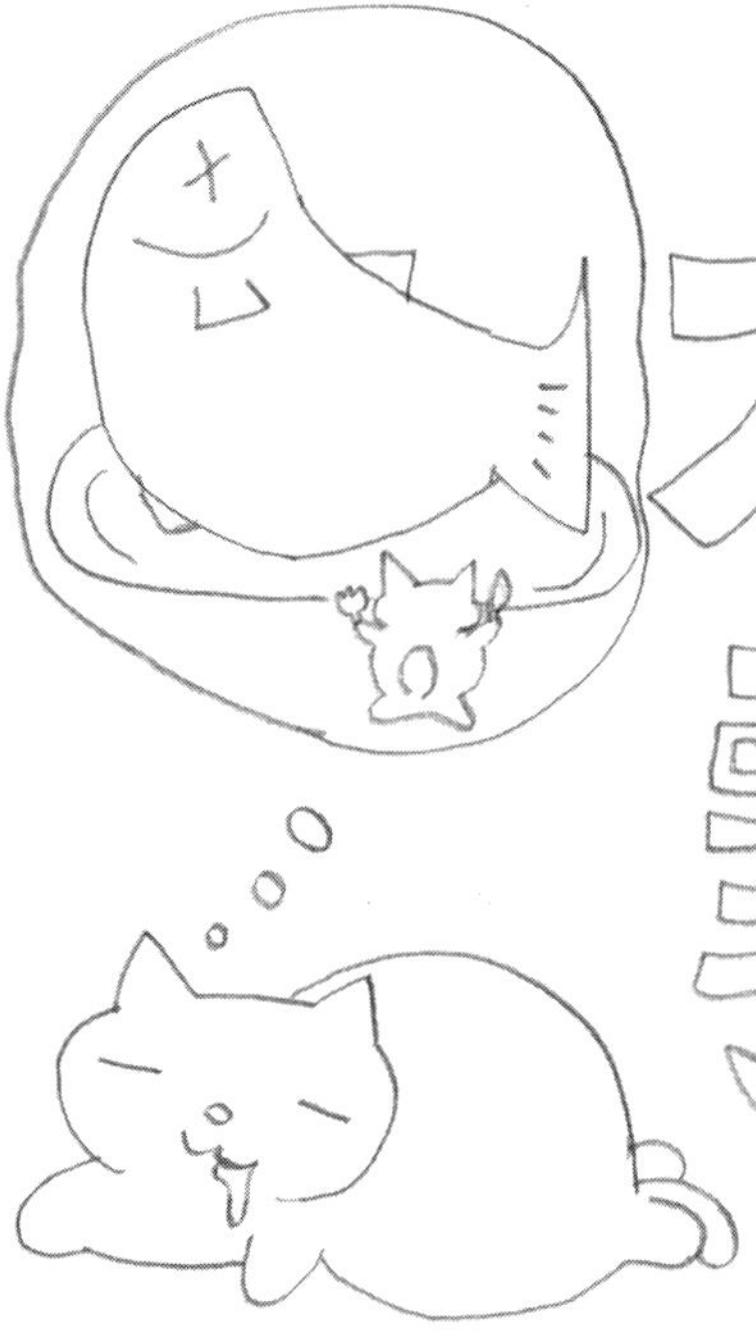

君には当たり前でも
他の人には有り難いこともある

心の雨が
君を強く
育てるよ

小さなミスから学んで大きなミスをなくそう

一緒に
居るだけで
幸せ

著者プロフィール

葉月 陵（はづき りょう）

とある雨の日の七夕生まれ。

猫好き。

幼少期からイラストと文をかくことが好きで、今回は好きなことを詰め込んだ一冊になりました。

ねこと言葉のき

2022年 6 月15日　初版第 1 刷発行

著　者　葉月 陵
発行者　瓜谷 綱延
発行所　株式会社文芸社
〒160-0022　東京都新宿区新宿1－10－1
電話　03-5369-3060（代表）
03-5369-2299（販売）

印刷所　株式会社フクイン

ISBN978-4-286-23790-9